KB036404

은목서 피고 지는 조울躁鬱의 시간 속에서

b판시선 49

박두규 시집

은목서 피고 지는 조울躁鬱의 시간 속에서

도서출판 b

위기의 절정에서 피어나는 이 인류세^{人類世}의 사랑은
보이지 않는 내가 보이지 않는 너를 사랑하는 것이다.

제1부

어둠 속 눈부시게 흐르는 강물을 보았지

붉나무 이파리 하나 내려앉았다

바람도 없는 적막한 오후

붉나무 이파리 하나 내려앉았다

가벼운 낱장의 무게마저 견딜 수 없었겠지

세상은 이 어쩔 도리 없는 것들의 세상이다

수천수만의 실핏줄로 내 안을 흐르는 그대도

세상 어느 귀퉁이에서 말없이 꺾이는 꽃 모가지도

차마, 아는 듯 모르는 듯

있는 듯 없는 듯

별을 바라보는 날이 많아졌다

밤이면 별을 올려다보는 날이 많아졌다.
세상의 크고 작은 슬픔들이 올라가 자리 잡은 것들
내 오랜 슬픔은 어디쯤에서 빛나고 있을까.
북두칠성은 산 아래 숨어 기척도 없는데
은빛 윤슬 반짝이는 강가로 바람이 일고
나는 홀로 그대를 탐문하며 별빛 사이를 흐른다.
어둠 너머 고요 속 그대를 좇아가노라면
분노의 세상, 탐욕의 세월도 잊고
지독한 내 어리석음의 늪을 벗어날 수 있을까.
깊은 밤 텅 빈 시간 속
별을 바라보는 그대와의 하얀 밤이 있어
허튼 약속 하나 없이 강을 건널 수 있으리.
안개 피어오르는 강가를 걸으며
이승의 세월 켜켜이 쌓인 오래된 부고訃告를
모두 강물에 띄워 보냈다.
더는 잃을 것도 얻을 것도 없다는 듯
강물은 두텁나루숲을 휘돌아 흐르고.

어둠 속 눈부시게 흐르는 강물을 보았지

어둠 속 눈부시게 흐르는 강물을 보았지. 강둑에 앉아 지상의 마지막 빛들이 어떻게 사라지는지를. 먼 산의 노을마저 어둠에 묻히고 세상에서 사라지는 것들이 사무쳐오는 시간, 어둠 속 깊은 궁륭의 끝으로 사라진 이들은 어디서 무얼 하고 있을까. 한 떼의 새들은 달빛에 일렁이는 잔물결을 거슬러 오르고 나는 풀숲을 거닐며 오래된 길 하나를 보았지. 사라짐도 슬픔도 아름다운 길. 그토록 사는 일이 속절없는 것은 사람들은 길이 아니라는 걸 알면서도 그 길을 가고 계절이 바뀌면 그 길가에도 꽃들이 하나 둘 피어난다는 것이다.

외로움은 사랑의 외피가 아니었다

언젠가부터 시詩 속에서 사람을 호명하는 일이 줄었다. 연둣빛 바람의 숨소리며 초저녁 하현의 침묵을 노래하는 것이 오히려 편하고 즐거웠다. 주변의 모든 생령生靈들에 눈을 뜨면서 그 사랑을 짐작하려 했고 언젠가부터 외로움 또한 사람으로부터 오지 않았다. 외로움은 더 이상 사랑의 외피가 아니었다. 처음부터 본류本流였는지도 모른다. 하지만 오랜 침묵의 고요는 얼마나 나를 자유롭게 할 수 있을까. 어느 누구를 호명하고 그 누구를 만나 순절殉節하는 일은 이제 없는 것인가.

나마스카

그대의 영혼에 안부를, 나마스카
강 노을과 함께 산마루에 해가 저물고
이승의 하루가 스러지는 시간이 되어서야
겨우 그대를 떠올리게 됩니다
세상 속 홀로 저무는 하루를 보며
아직도 남아 있는 내 안의 외로움과 두려움으로
하루의 끝에서 그대를 생각합니다
나마스카, 아름다운 내 영혼 그대여
종일토록 그대를 찾아 헤맨 고단한 육신도
말없이 곁을 지켜준 모든 것들에도
어둠 속 야윈 달빛에 기대어 안부를 전합니다
나마스카, 깊은 밤 고요를 흐르는 은하여
아직도 세상의 화려한 불빛을 좇아 흐르는 저에게
별빛에 젖은 촉촉한 눈망울과
숲속의 부드러운 바람결을 기억하게 하소서
그것이 모두 그대가 보내는 안부임을 알게 하소서
나마스카, 사랑인 줄 알게 하소서

무엇이 그리 고마웠던 것일까

— 故 김기홍

무엇이 그리 고마웠던 것일끼?
어쩌다 전화 통화라도 하면
그는 늘 고맙다고 했다.
고맙다는 말을 하고 또 하고
계속해서 반복했다.
사실 그 고맙다는 말은
나에게 하는 소리가 아니라
세상의 모든 대상에게 하는 말이었고
자신에게 하는 말이었을 것이다.
그가 죽기 직전까지 수년 동안
두 아들마저 밖으로 떠돌고
홀로 투병 생활을 했었다.
온전치 못한 몸으로
홀로 보내는 나날이 외로웠을 것이다.
그러하니 답답한 방으로 불어주는 바람도 고맙고
누군가의 전화도 고맙고
창밖으로 보이는 세상을 보는 것만으로도
고마움을 느낄 수 있었을 것이다.

사는 동안 갖게 된

모든 적대적 관계나 마음도 잊고

본래의 선한 바탕에서 숨 쉬고 있었을 것이다.

그러면서 삶과 죽음의 경계나 그 두려움도

점점 사라져갔을 것이다.

아, 나는 그러기를 바라는 것이다.

그의 죽음 앞에서, 미안하고 또 미안해서

제발 그랬으면 하는 것이다.

모든 죽어가는 것들은 선하고

죽어가는 것들은 모두가 스승이라 하니

그 또한 그랬을 것이다.

그렇게 통한의 이승을 훌훌 털어냈을 것이다.

철근 노동자의 고단함과

가난한 가장의 미안함과 서러움과

못다 쓴 시에 대한 갈증과

반목과 갈등의 피비린내 나는 세상을

고맙네. 고마워요. 고맙습니다.

이 말을 거듭 되뇌며 모든 것을

씻고 또 씻어냈을 것이다.

아, 나는 그러기를 바라는 것이다.

그의 죽음 앞에서

미안하고 또 미안해서, 그랬으면 하는 것이다.

두텁나루숲 하루 꿈 1

인시寅時에 눈을 뜨니 창밖의 서늘한 강바람이 이마에 닿는다 허리를 세우고 앉아 고요에 드는 동안 애기동백은 이슬을 털며 깨어나고 벽오동 넓은 잎이 여명을 받아낸다 어둑새벽의 강줄기를 거슬러 오르는 새들이며 두텁나루숲 의 목숨붙이들이 저마다 숨을 고르며 다시금 새로운 하루 꿈을 빚는다 나는 텃밭에 나가 이랑을 북돋우며 풋고추 세 개 신선초 다섯 잎 가지 한 개의 내 하루 꿈을 아침 밥상에 올렸다

두텁나루숲 하루 꿈 2

　　바르게 앉아 꿈 덩어리를 발끝에서 머리끝까지 촘촘히
들여다본다 육신의 탐욕으로부터 골수의 절망까지 실핏줄
을 타고 흐르는 수천수만의 꿈 조각들은 어디서 오는지
어디로 흘러가는지 육도六道의 시간을 흐르는 무량의 꿈들
두텁나루숲 한 가닥 휘파람 소리 강을 건너는 고니 한 마리의
그 오늘은 어디에 있는가

두텁나루숲 하루 꿈 3

    강을 건너는 하루 꿈 본다 건너편 사시나무 이파리들이
흔들리며 반짝인다 저편이 흔들리는 만큼 이편도 흔들렸다
세상은 흔들리면서도 이토록 아름다운데 시절의 꿈은 이토
록 선명한데 나의 꿈은 아직도 스스로를 통속通俗하지 못한
채 선악의 한 금을 그었다 위선僞善의 끝은 어디인가 배롱
꽃 피고 지는 붉은 날들이 가는데 그대 이승의 꿈 하나는
강을 잘 건너고 계시는가

두텁나루숲 하루 꿈 4

　두텁나루숲에 들어온 후 세월이 더께 같은 비망木忘의
시간들이 많이 지워졌다 그것들도 서서히 늙어가는 게다
다만 저녁노을이 지면 어둠과 함께 되살아나는 오랜 지병持病
같은 기억들이 실핏줄을 타고 역류한다 아직도 실재實在에
닿지 못하는 하루 꿈이 슬프다 어쩌면 사는 일의 절반은
견디는 것이었다 어디에 있든 누구든 생生의 반쯤은 견디며
사는 것이 아니겠는가 그것이 무엇이든 간에

21C 사랑

위기의 절정에서 피어나는

이 인류세人類世의 사랑은

보이지 않는 내가

보이지 않는 너를 사랑하는 것이다.

북극의 작은 곰과 남극의 십자성

그 자전축自轉軸 어디쯤의 별이 되어

깊은 고요로 빛나는 것이다.

숨

세상이 열리고
울음으로 첫 숨을 몰아쉬는 배후에는
바람이 있다.

드나드는 숨은
가늠할 수 없는 자유여서
헤아릴 수 없는 대자유여서
나의 것이 아니었다.
나를 드나드는 바람일 뿐이었다.

숨은
아무리 가둬두려 해도
아무리 거부해도
제멋대로 나를 드나들었다.
통제할 수 없는 바람 한 줄기가
내 목숨이었다.

세상을 끝내야 하는 어느 날도

내 뜻과 관계없이 숨에 달렸으니
이분에게 순종할 수밖에 없다.
내 안 깊숙이 들어와 휘돌며
세상의 기억 너머에 있는
존재의 상쾌함을 알게 한 것도
이분이었다.

나는 보이지 않는
숨 한 가닥에 놓여 있으니
보이지 않는 그 뜻에 따라야 했다.
살면서 필연처럼,
사는 동안 우연처럼.

제2부

숲에 들어야 하는 나이가 되어

은목서 피고 지는 조울躁鬱의 시간 속에서

무리 지어 피어나는 작은 꽃들
내밀한 속살에서 배어나는 은은한 향내
피고 지는 하얀 꽃들의 시간 너머로
끈질기게 소환되는 기억들

그 어디쯤에서 되살아나는
내 오랜 갈애渴愛의 숨소리
그 기억의 골목길을 비틀거리는
젊은 날의 빛나던 어둠과
어둠 속 두려움

이것들은 지금껏
무엇을 살다 다시 왔을까
은목서 피고 지는 조울躁鬱의 시간 속으로
이제 와 다시금
나를 불러 세운 까닭은 무엇인가

나는 왜

불현듯 불온한 거리에 내몰려
향기에 취한 탐진 세상을 기웃거리는가
더듬거리며 보이지 않는 그대를 찾아온 세월은
그 사랑은 정녕 어디에 있는가

흔들린다는 것

　　바람 부는 날이면 우수수 지는 팽나무 이파리들처럼 나는
어김없이 흔들렸다. 이 나이토록 세상의 율법을 지키며
사는 일은 힘들고 허탈했다. 한동안 내게 바람은 언제나
명확한 이분법으로 왔다. 흔들리는 것과 흔들리지 않는
것. 살며 흔들리지 않아야 한다는 숱한 다짐들이 나를 키웠지
만 어쩌면 그것은 애써 흔들림을 외면한 것에 불과했다.
이런 거역의 세월을 관통하며 바람이 불고 나는 또 흔들리
고 그렇게 내 이파리들이 모두 지는 날은 언제인가.

늙은 노을의 거친 숨소리를 듣는다

어둠으로 스미는 늙은 노을의 거친 숨소리를 듣는다. 거기엔 아직도 남아 있는 욕망의 세월이 있다. 오래도록 버려지지 않는 것들이 절망의 끝에서 욕된 사랑으로 남아 혼란스럽다. 순간순간 오는 모든 것들을 사랑이라고, 사랑이라고 되뇌어도 지난 세월에 붙들린 몸의 기억은 지워지지 않는다. 어둠은 내려 하나 둘 별이 차오르는데 언제나 저 빛나는 것들의 틈에 끼어 돋아날 수 있을까.

江이 말했다

강이 말했다
하루라도 흐르지 않으면
반드시 닿아야 할 필생의 바다를 잃는 것이라고
바다에 이르지 못하면
저승의 어두운 강줄기가 시작되는 물머리의 어디쯤에
또 다른 내가 서성이며 기다리고 있을 거라고
그렇게 강이 흘러왔다
해마다 새로운 꽃이 피는 것처럼
숱한 밤으로 항상 새로운 별이 빛나는 것처럼
강은 매일 나에게 흘러왔으나
나는 스스로 강이라는 생각을 하지 못했다
나는 한순간도 멈추지 않고
이승의 세월을 흘러야 하는 물줄기라는 것을
나는 이미 강이었고
기필코 바다에 닿아야 한다는 것을

고은

─ 욕망은 불가피한 것이고 불가결한 것이며 이것 없이는 세계가 구성될 수 없다.

─ 감정은 인간을 인간적이게 하는 힘이고 인간을 생명적이게 하는 힘이고 인간의 가장 높은 가치이다.

─ 환희는 삶의 약이며 치유다.

─ 악은 순수하지만 선은 그 일부분이 왠지 위선이다.

─ 광기는 예술에 반드시 필요하다.

─ 나는 깨닫기 위해서가 아니라 취하기 위해서 태어났다.

─ 전위에는 청춘이 있다. 전위는 패배하므로 아름답다. 그 패배 뒤에 새로운 시대가 온다.

─ 나에게도 나의 시에도 폭력이 있다.

─ 인간의 욕망은 자연계 생물들의 생태가 유지되는 기본 욕망의 균형으로부터 배워야 한다. 그들은 타고난 본능의 자연으로 윤리를 살고 있다. 인간보다 동물이 더 윤리적이다.

─ 일부일처제에서 성은 윤리였지만 현대사회에서 성은 자연이다.

─ 나의 본질은 내가 만들어내는 허구이다.

─ 나 죽을 때 몇 사람 박수를 쳐라.

내가 그를 처음 바라보았을 때
그는 시詩라는 갑옷을 입고 있는 전사였고
3할의 육지보다 7할의 바다를 사는
자유자재한 물고기였다.
나도 한 마리 물고기가 되고 싶었다.
그가 미투라는 낚시에 걸려
지상으로 올라와 파닥거렸을 때
그가 말한 그의 환희, 광기, 전위, 야만, 폭력
그 본능과 감정과 욕망은
시라는, 예술이라는 갑옷을 벗고 초라한 맨몸이 되었다.
사람은 언젠가부터 옷을 입어야 사람이었다.
하지만 그는 한 마리 물고기여서
뭍에 올라오는 순간
누구에 의해서가 아니라
스스로 도마 위에 드러누웠어야 했다.
사람들이 보지 못한 깊은 바닷속
그 심연의 무엇을 그대가 정녕 보았다면
그것을 노래했다면

이미 다 이루지 않았는가.

십자가에 매달려 말한 예수의 마지막 말처럼.

* 위의 강조한 글들은 고은의 책 『개념의 숲』에서 발췌한 것임.

숲에 들어야 하는 나이가 되어

　귀가 순해지는 나이가 넘도록 몸 안의 세상과 몸 밖의 세상을 헤매고 다녔으나 아직도 눈이 어둡고 이승의 꿈은 버겁다. 언제쯤이나 세상의 이름도 내려놓고 반야般若의 눈빛 하나로 아침을 맞을 수 있을까. 시 한 수로 거침없이 세상을 재단하며 모든 것들이 가소롭던 치기 어린 시절도 가고 어느덧 세월에 발가벗겨진 스스로를 본다. 아, 숲에 들어야 하는 나이가 되었어도 숲은 보이지 않고 아직껏 변방을 떠도는 영혼이 가엽다.

우울함으로부터 오던 詩의 강박이

비 오는 날 집에서 혼자 빗소리를 들으며 대중가요를 따라 불렀다. 네 박자 속에 사랑도 있고 눈물도 있고 이 생명 다 바쳐서 죽도록 사랑했고 붙잡아도 뿌리치는 사랑밖에 난 몰라. 한참 때에는 민낯으로 들이대는 대중가요의 막무가내 사랑이 천박하다고 그렇게 싫어했건만 요즘은 깡마른 내 시보다 차라리 낫다는 생각이 든다. 무시당하고 밟혀도 아무렇지 않다는 듯 다시 사랑하고 자존自存 따위는 버려도 세상은 잘도 돌아간다고 노래하는 대중가요의 뻔뻔함이 당당하게 보이기도 한다. 그동안 우울함으로부터 오던 시의 강박強迫이 갑자기 편해졌다.

타향살이 1

　살구꽃 흐드러져 꽃눈 날리는 오후, 툇마루엔 나물을 다듬는 젊고 고운 어머니가 있고 곱게 일군 텃밭의 자두나무 아래에는 구릿빛 근육으로 담배를 말아 피는 아버지가 있었지. 그래, 이런 봄날엔 고향집 꽃그늘에 앉아 더불어 꽃으로 피어야 하건만 나는 이순^{耳順}의 물러날 퇴짜^{退字}가 되도록 고향에 이르지 못했다. 꽃 핀 자리에 열매 맺는다는데 지금껏 꽃 피울 고향도 없이 떠돌았구나. 꽃잎 날리는 이 봄날의 고요, 그 깊은 어디의 고향 집에 이르면 한순간 지나치는 이승의 세월도 뚜렷해질는지. 아, 고향 너머 본향^{本鄕}이여.

타향살이 2

어쩌면 태어나는 순간부터 타향살이가 시작되고 다향실
이에 적응할 무렵이면 본향本鄕을 까맣게 잊거나 아예 잃어버
리는 것이 세상을 살아가는 정석인지도 모른다. 그리고
딱히 나무랄 일도 아니라는 생각이 드는 것은 문득 본향을
기억해낸다 해도 그것은 살아온 저만의 습習을 깨고 스스로
를 부정하는 일과 크게 다르지 않으니 어느 날 머리가 두
쪽이 나는 벼락을 맞지 않고서야 어찌 타향살이를 벗어날
수 있을 것인가. 그저 정들면 고향이라고 노래하며 위로할밖
에. 그런데 어쩌면 나는 그 벼락을 한번 맞아보고 싶은
것이다.

고향
— 갈담渴潭*

고향을 떠나온 이들은 알지
언덕 위 씀바귀꽃 그대로인데
이제는 돌아갈 수 없어
스스로 고향 되었다는 걸

고향을 떠나온 이들은 알지
살구꽃 그늘 아래 어머니 눈물
잃어버린 그 마음 서러워
스스로 눈물 되었다는 걸

고향을 떠나온 이들은 알지
바람에 흩어지는 꽃잎 되어
하염없이 쏟아지는 눈발이 되어
스스로 갈 곳 없는 고향 되었다는 걸

* 전북 임실군 강진면 갈담리

천년수千年樹를 보러 가서

　깊은 고요 그 적막에 뿌리내린 장대한 천년수 속에서 애벌레처럼 꿈틀거리는 어머니가 보였다 그녀는 나를 세상에 남겨두고 다시 저 나무로 돌아갔을까 나직한 그녀의 목소리가 전언처럼 파동으로 밀려오고 이윽고 가녀린 소리의 여운마저 사라진 적막의 끝 그 허공에 멈춰 있는 것들이 보였다 사는 동안 수없이 되뇌었으나 스스로의 사랑에 이르지 못한 것들 그녀에 닿지 못하고 우주의 쓰레기처럼 허공에 정지된 내 사랑 잃어버린 천년의 세월

얼레지

    눈부신 젊은 날 이런 여자를 만나고 싶었지. 바람이 불어 치마가 들춰진 듯 발랄 솔직하고 당찬 여자. 그리고 세련된 질투를 하는. 차마 말도 못 붙이고 늘 머릿속에서만 붉은 탱고를 함께 추었던 여자. 어느덧 해가 저물고 깊은 산그늘을 벗어나는 낙엽수림의 어느 경계에서 나는 우연처럼 이 여자를 만났다. 아, 이 여자가 아직도 내 안에 있었다니. 얼레지.

제3부

다르마의 일기

아장아장 그대를 걷는다

고적한 새벽

스스로의 침탈에 무너진 맹목의 시간

오랜 기억들 다 지워지고

모든 감각을 놓아버린 파탄의 아침

아장아장 그대를 걷는다, 사랑

시작도 끝도 없는

다르마의 일기 1

　사실은 깊은 숨을 들이쉬고 내쉬는 순간 몸의 구석구석에서 사랑은 시작된다. 그렇게 언제 어디서나 스스로가 사랑인 것을 몸의 기억만으로도 되찾을 수 있어야 한다. 지금 여기에서의 자각이라는 것이 그렇다. 몸의 기억 속에 우주가 있고 그 기억의 힘으로 우주의 별들이 운행된다. 그 몸 또한 마음이며 영혼이다. 다르마여, 꿈에서 깨어나오라.

다르마의 일기 2

세상의 모든 현상은 의식의 벼리에 있는 실재實在로부터
비롯된다. 삶은 우리의 일상과 함께 그 실재에 경험적으로
합일해가는 과정일 뿐이다. 하지만 살면서 스스로의 감옥에
갇히게 되고 그 궤적의 도그마에 무너지면 실상實相을 살지
못하고 한 생을 꿈속에 머물다 간다. 현실이라는 꿈을 살다
간다. 다르마여, 꿈에서 깨어나오라.

다르마의 일기 3

선善한 나에 속아서는 안 된다. 선하다는 생각을 하는 순간 위선僞善이 되기 때문이다. 실상實相은 있는 그대로의 그것이지만 나의 눈과 귀 나의 생각이 푸른 하늘을 있는 그대로 살아내지 못하니 그렇다. 평범한 일상이 고단하거나 슬프다면 그것이 실재實在의 일상에 이르지 못했기 때문이다. 빈 배만이 거센 풍랑을 만나 위험하지 않다. 다르마여, 꿈에서 깨어나오라.

홀로 깨어 두텁나루숲 창문을 열고

어둠 속 홀로 깨어 창문을 여니
한줄기 서늘한 바람이 이마를 스쳐 갑니다.
몸이 깨어나고 세상이 다시금 열리고
이 모든 것이 고맙습니다.

창밖에는 강물이 흐르고
세상 모든 것들이 고요 속에 흘러갑니다.
아직 잠에서 깨지 않은
강가의 물푸레나무나 어린 고라니의 꿈들도
강물을 따라 그대의 바다로 흘러가고 있겠지요.
나는 언제나 허물을 벗고
저들의 사소한 꿈들과 함께 흐를 수 있을까요.

숲의 나무들 사이로 햇살이 화살처럼 내리꽂고
새들이 힘찬 날갯짓으로 강을 거슬러 오르는
모든 생령生靈들의 눈부신 아침
이토록 선명한 당신의 모습을 보며
나는 언제나 그대를 살 수 있을까요.

53

生은 끝내 자신을 사는 것일 뿐이라는

이 가여운 목소리를 벗어나

언제나 그대의 고요에 이를 수 있을까요.

언제나 오랜 꿈에서 깨어

푸른 영혼의 숲

그 실재實在를 숨 쉴 수 있을까요.

풍경 속 풍경이 되어

벽에 걸린 액자 속 풍경 작고 낮은 산과 구릉들 그 아래
더 낮고 더 작은 집 그 집보다 더 작은 점 하나의 사람
그런 풍경 속 점 하나가 되어 나는 벽에 걸려 있다 특별하지
않아도 특별한 나 보이지 않는 먼 산의 풍경 속 풀꽃이나
구름이나 고라니 한 마리처럼 나도 그 속에 담겨져 바람이
불면 흔들리고 비가 오면 촉촉이 젖어 다만 스쳐 가는 세상의
풍경이 되어 풍경 속 한 점이 되어 모두가 하나로 오롯이
한 생을 보내는 모든 것들의 틈에 끼어

물정物情도 모르는 시인이

텃밭에서 일하다 허리를 펴고 버릇처럼 강을 바라본다. 힘차게 강을 차오르는 하얀 고니 떼들 사이로 문득 어머니가 웃고 있는데 그녀의 말이 생각난다. 등단 후 처음으로 원고료를 주는 청탁서를 받고 나서 '어머니, 내가 그래도 시인이네요' 하니 '아이고, 세상 물정도 모르는 것이 어떻게 그런 것을 다 허냐' 하신다. 생각해보니 생전의 그녀보다 더 많은 나이를 먹었는데도 나는 아직 물정 모르는 변방의 시인일 뿐이다. 아, 이제 그녀가 없으니 그 말을 수정할 수도 없구나.

텃밭에서

장마가 온다기에 서둘러 양파와 마늘을 뽑았다. 다다지*
께서 언젠가 집에 오셨을 때 성聖에서 멀어진다며 기르지
말라 했는데 글 쓰는 놈이 무슨, 하며 거슬렀다. 30년도
넘게 글을 써오며 글처럼 속俗된 것도 없다는 그 생각을
지우지 못했으니 어디 가당키나 한 성聖인가. 그러거나 말거
나 주변의 석류나무는 꽃을 피우고 살구도 노랗게 잘 익어간
다. 제자리에서 비가 오나 바람이 부나 오로지 꽃 피울
생각, 열매 맺을 생각만으로 수십 년 세월을 보낸 것들이다.
성聖이 있다면 이런 것이겠지 짐작만 할 뿐이다.

* 아난다마르가의 스승.

사십여 년 만에 친구를 만나서

　사십여 년 동안 까맣게 잊고 지내던 친구를 만나 막걸릿잔을 기울이며 많은 이야기를 나누었다. 야, 이렇게 세월이 많이 흘렀다냐, 참 허망하다, 너 정말 많이 변했다, 하며 시간 가는 줄 모르고 술에 젖어 살아온 이야기들을 나눴다. 거나하게 취해 터덜터덜 돌아오며 그 허망하다는 것을 뒤집어보니 그저 세월이 흘렀을 뿐이고, 그 변했다는 걸 탈탈 털어 보니 그저 나이를 먹었을 뿐이고, 서럽고 힘든 날들이 있었다 하나 우리가 모르는 눈부시고 경이로운 날들이 지나갔을 뿐이다. 모진 세월을 아득바득 살았다 하나 어느 골짜기의 낙락장송 하나가 눈비를 맞으며 그저 또 한 계절을 보내고 있을 뿐이었다. 술김에 하는 말이지만 산다는 것이 그렇게 단순명쾌했다.

어머니, 때죽나무꽃이 피었어요

어머니, 때죽나무꽃이 피었어요. 올망졸망 눈부시게 하얀 것들이 오순도순 피었네요. 이 꽃들은 나무 사이를 흐르는 부드러운 바람과 고라니가 자고 간 따뜻한 흙의 온기, 잦아드는 계곡의 물소리, 그 모든 숲의 기억들이 피워낸 것이지요. 오랜 어머니의 품에서 눈을 뜬 것들입니다.

세상의 작고 가여운 것들의 어머니, 서로 욕하고 싸우며 스스로 절망하는 것들의 어머니, 푸른 잎들이 돋아나고 투명한 버들치 떼들이 몰려다니는 계곡에 순백의 어린 것들을 피워올려 스스로의 존귀함을 일깨워주시는 어머니, 따뜻한 저녁밥을 지어놓고 애타게 자식을 찾는 어머니의 목소리가 노을 속으로 흩어집니다.

어머니, 때죽나무꽃이 피었어도 어머니의 목소리에 화답할 수 없네요. 조금만 기다려주세요. 세상의 모든 나무와 물고기, 새들에게도 고마움의 큰절을 할 수 있을 때 그렇게 마음이 충분히 가난해졌을 때 목놓아 어머니를 부르겠습니다. 노을빛 애잔한 마음이 되어 어머니를 찾아가겠습니다.

빗방울 하나의 세상

종일토록 처연하게 내리는 빗줄기를 바라보다 문득 빗방울 하나의 세상에 잠긴다 빗속의 먼 불빛들 그 아련함도 내 오랜 슬픔도 빗방울 하나에 잠겨 고요의 급류를 타고 흐른다 사라진 시간 속으로 한줄기 빛을 따라 흐른다 이 한 가닥 의식은 언제나 본류本流에 이를 수 있을까 이 그리움의 실체가 있기는 한 것인가 찰나의 섬광처럼 그대가 온다 해도 나는 그대일 수 있는가

色, 아름다운 세상

톳마루에 앉아 강 건너 앞산바라기를 하다가 세상의 온갖 색墨에 젖어 마음이 촉촉해진 어느 날, 한순간 헛소리나 하는 것처럼 우연히 '아름다운 세상' 하고 말이 새어 나왔다. 그러자 갑자기 딸꾹질을 하듯 눈앞의 아름다운 세상이 아름답지 않은 내 안으로 훅, 들어왔다. 감당하기 힘든 고마움으로 한껏 순順해진 마음은 조심스레 밖으로 나왔다. 마음의 외출로 텅 빈 내 안은 모처럼 아름다운 지경을 이루었을 것이다.

어떤 가여움

사람들은 개나 고양이를 기르며 스스로 가여워진다. 사랑
은 순종하는 것이라지만 순종하는 모든 것을 사랑이라고
하지는 않는다. 이승을 함께 나는 생명붙이들의 외로움이
가지는 동등한 무게, 동등한 가치에 휘둘려 사랑은 왜곡되고
사람들이 스스로 가여워진다. 非진리의 진리로 세상에 휘둘
리는 것 또한 얼마나 가여운 일인가.

제4부

바람은 너의 소멸로부터 오고

어둠 속 모든 존재가 빛나던 화려한 달빛 세상

어둠은 어둠으로 빛나느니 서러워하지 말자. 어둠에서 자라난 신성의 달빛 반짝이는 무수한 이파리들이 서로를 다독이니 가여워하지 말자. 빛 너울 숲속 짐승의 눈빛으로 빛나는 어둠 속 예지叡智 또한 그대의 것이니 두려워하지 말자. 이 어둠 사라진다 해도 찬 새벽 무채색의 조각달 하나 남아 있느니 외로워하지 말자. 어둠 속 모든 존재가 빛나던 화려한 달빛 세상을 기억할 것이니 슬퍼하지 말자. 어둠은 서서히 제 끝에 이르러 지상의 모든 것들에 내려앉아 별도 달도 눈부신 어둠을 잃는구나. 어둠의 결정으로 내린 이슬은 찬란한 아침을 이루어 스스로 조곡弔哭의 예를 갖추는 구나.

바람은 너의 소멸로부터 오고

바람이 분다
모든 걸 쓸고 갈 거대한 해일을 몰고
그렇게 두려움은
언제나 죽음으로부터 오지만
그 죽음의 두려움을 넘을 수 있는 건
스스로를 버려야만 하는 것

거대한 바람이 불어
오랜 억압과 폭력을 쓸어낼 수 있는 건
모두를 죽음으로부터 해방시킬 수 있는 건
나 하나 먼저
스스로를 버려야만 하는 것

그토록 바람은 나의 소멸로부터 오고
바람은 멈추는 순간 바람이 아니니
어디론가 끝내 흐르는 것이며
누군가에 이르러
변화가 무엇인가를 보여주는 것이다

그렇게 미얀마의 바람은
미얀마의 죽음으로부터 불기 시작했다
불타는 도시 양곤의 아스팔트에 쏟아낸 그대들의 피가
이젠 지구별 모든 사람들의 피가 되었다

어느 날 불어오는 한 가닥 바람처럼 그렇게
그대들의 죽음은 깃털처럼 가벼워졌다.
그렇게 바람이 되었다

95세 빨치산 여전사

— 이옥자

이 세월토록 살아남은 것은 기억뿐이다.
아직도 먼 산만 보면 되살아나는 동지들
피아골 대성골 써래봉 어머니의 품 같던 반야봉
쑥밭재 치밭목 선생님이 쓰러진 빗점골
영신봉과 잔돌평전의 철쭉들
추성동 거림골 아, 모든 능선들이 살아나는 천왕봉
저무는 햇살에 굼틀거리는 능선을 보면
지금도 깊고 유장한 지리산맥의 숨소리가 들린다.

환자트에서 체포되어 산을 내려왔고
한동안 반내골에 살다 지금은 무수내 골짜기
세 평 남짓의 검은 방*에 들었다.
질긴 목숨은 어느새 역사가 되었고
아직도 날이 밝으면 무심히 먼산바라기를 하는
95세의 빨치산 여전사, 옥자 동무

스물두 살의 꽃다운 새색시는
포대기로 등에 업은 아기를 다독이며

언제 다시 올 수 있을까
기약 없이 사립문을 나와 산으로 올라갔다.
거친 눈보라 몰아치는
골짜기의 휘파람 소리 따라
산으로 들어가는 순간, 그녀는 여빨치
등에 업힌 아이는 애기빨치라는
붉은 낙인이 찍혔다.

사랑하는 그이로 인해 살 수 없는 세상을 나와
사랑하는 그이와 함께 살 수 있는 세상으로
오로지 살기 위하여
오로지 사랑을 위하여
그녀는 기꺼이 빨치산이 되었다.
남편이 꿈꾸는 하나 된 조국
모두가 원하는 인민의 나라, 인민의 세상을 위하여

아른거리는 단란한 가족의 한때를 생각도 했지만
그들에게는 늘 죽음이 따라다니고 있었다.

낮이면 빗발치는 총탄을 피해 날아나고
밤이면 무릎까지 쌓인 낙엽이나 동굴 속에 웅크려
겨울잠도 못 이루는 배고픈 짐승이 되었다.
그런 산중에서도 그녀를 견디게 해준 건
언뜻 스치는 순간에 살짝 웃어주던
속 깊은 남편의 애정 어린 눈빛과
새록새록 숨을 몰아쉬던 예쁜 아기였다.
하지만 운명은 찰나의 행복마저 허용하지 않았다.
서둘러 남편과 자식이 죽고
슬퍼할 겨를도 없이 격전장을 떠돌다 보니
그녀는 어미도 아내도 아닌 빨치산 여전사가 되어 있었다.

그녀는 비로소 들꽃 피는 고향의
한 줌의 흙이 조국인 줄 알았고*
동상 걸린 발가락을 잘라내는 동지
깡마른 얼굴에 소금 땀을 흘리며
앞서 뛰는 동지 하나하나가
인민의 나라인 것을 알았다.

그런 세월이 꿈도 없이 지나가고
그녀에게 산은 이제 바라볼 수밖에 없는
기억 속의 시간이 되었다.

지금도 창밖의 먼 산을 바라보며
골짜기와 능선의 거센 눈보라 속
옛 동지들을 생각하면
그녀는 아직도 95세의 빨치산이건만
이제는 바깥세상을 닫아버린
검은 방의 말 없는 늙은이가 되어
꼬박꼬박 저녁밥을 지어내는
늦게 얻은 딸아이를 바라보는 일이
생의 전부가 되었다.

그 어느 즈음부터 그녀의 전투는 다시 시작되었다.
이제 그림자 꼬리만큼도 남지 않은 생의
마지막까지 벌여야 할 전투는
이렇게 남은 이승을 살아 숨을 쉬어야 하는 이유는

태어나면서부터 빨치산의 딸이 된
저 가여운 것을 바라보아야 하기 때문이다.

처절한 슬픔의 오랜 생채기들을
모두 도려내게 해준 건 딸의 존재였다.
이제는 그녀의 유일한 현재가 되어버린 딸
이 딸을 지켜내기 위해 할 수 있는 것은
다시 초병哨兵이 되어 딸의 방을 바라보는 것이었다.

세상의 모든 빛들이 딸의 방에 머물기를 바라며
그녀는 자신의 빛을 차단하고 스스로 검은 방이 되었다.
걱정 하나 없는 딸의 환한 웃음을 보고 싶었다.
이제는 하나 둘 오랜 기억들도 지워져 가고
마지막 남은 그녀의 해방구는
오로지 딸의 방을 바라보는 것이었다.
빨치산의 딸이 짓는 눈부신 웃음이었다.

* 정지아의 소설 『검은 방』.
* 노래 <나는 알았네>의 한 구절.

태몽

　예전엔 그랬다. 스물아홉에 장가를 가도 쬐끔 늦었다고. 신혼여행은 무조건 제주도라고. 나도 그렇게 제주도의 어느 해안가 콘도에서 첫날밤을 맞았다. 유리지붕 유리문 유리벽의 투명한 방 한 칸의 집, 그 안에 내가 벌거벗은 몸으로 있고 아내는 밖에서 벌거벗은 몸으로 떨고 있었다. 갑자기 비바람이 거칠게 몰아치고 집채만 한 파도가 밀려왔다. 나는 허겁지겁 밖으로 나가 아내를 데리고 들어왔는데, 내리치는 비가 유리지붕을 뚫고 유리벽을 뚫고 유리문을 뚫고 집 안으로 들이치기 시작했다. 집 안에 있지만 밖과 똑같이 비를 맞았다. 바르르 떠는 아내를 꼬옥 품에 안았는데, 아, 그때 세상이 무너지는 천둥소리와 함께 번쩍하는 섬광이 내 등에 내리꽂히고 아내까지 관통해버렸다. 그렇게 벼락 맞는 꿈을 꾸었다. 첫날밤에. 그 뒤로 아내는 임신을 했다. 태몽이었던 거다.

　부끄러운 이야기지만 나는 첫애가 태어나고 나서야 제주의 4·3이라는 것을 알았다. 신혼의 밀월을 보내는 달콤한 섬으로만 알았던 제주도의 처참한 뒷모습을 그때야 보았다.

그리고 늘 찜찜하던 꿈이 태몽을 차라리 위안으로 삼았다. 1948년 4월 3일 제주에도 신혼의 누군가는 있었겠지. 꿈처럼 벼락을 맞고 파도처럼 부서지는 신혼부부가. 그 4·3은 이제 만삭의 몸이 되었다. 우리는 태아의 이름을 평화라고 불렀다.

10월의 꿈

    세상에서 사라진 시간들은 어디로 갈까 꿈도 없는 깊은
잠 너머로 갔을까 과거와 현재와 미래의 색^ㄸ도 없이 하나
되어 골똘한 의식이 되어 아, 그곳엔 어떤 세상이 또 있을까
1946년 10월의 꿈과 함께 대구의 거리에서 사라진 사람들은
어디에 있을까 내 아버지가 아닌 다른 얼굴로 억새꽃 흩날리
는 제주의 어느 오름에서 총을 쥐고 있을까 아직도 여수의
애기섬으로 가는 배를 타고 가며 두려움에 떨고 있을까
그때 사라진 사람들은 이제 그 시간에서 풀려났을까 깊은
잠 너머 골똘한 의식마저 사라진 그곳에 해원의 바다는
있을까 그곳에 이르렀을까

3 · 1의 세상

3 즉 1이고 1 즉 3이라 하니
우리는 태어날 적부터 한울님이며
이미 너와 나의 머릿골 속에는
청정의 고요 속에서 움트는
씨알 하나가 심어져 있다는 것이다.
그 신령스런 것들이 망령스런 짓을 일삼는 것은
제가 저를 알지 못하는 무지한 까닭이고
제가 얼마나 큰 사랑인지 몰라
스스로를 섬길 줄 모르는 까닭이다.
스스로를 모르는 것이 망령이고
스스로를 알아보는 것이 신령이니
이 세상은 숱한 망령들이 휘젓고 다니는 곳이라
언제나 3 · 1의 세상이 다시 올 것인가.
한때 모두가 한마음으로 모여
세상을 뒤집는 촛불을 켜고 3 · 1을 이루었다 하나
그것은 3 · 1의 시작이었을 뿐이다.
인간사 어두운 밤이야 언제나 오는 것이니
촛불 또한 늘 켜놓아야 하리.

그렇게 스스로를 환하게 밝히는 것이 3·1이다.
이런 신명神明이 3·1이고
그렇게 참된 스스로가 3·1이다.
바로 그런 당신이 3·1이고 그런 우리가 3·1이다.
좌우도 없고, 상하도 없고, 남북도 없는
오로지 순정한 마음 하나 지키며
단순 소박하게 사는 사람
그런 사람과 사람이 어우러진 세상
그것이 3·1의 세상이다.

오월과 유월 사이
— 윤한봉

오월의 화려한 꽃들이 지고
짙푸른 이파리들이 무성해지는 유월의 사이에서
당신을 생각합니다.
스스로를 사랑한다는 것에 대하여 생각합니다.

당신이 세상으로부터 받은 절망과 배신
굶주림과 외로움 같은
그대의 사랑을 생각합니다.
오월이면 어김없이 피어나는
망월의 이팝나무꽃들을 보며
당신이 품었던 사랑을 헤아려봅니다.

왜 그토록 쓸쓸한 것들에 목숨을 걸었는지.
왜 그것이 사랑인지.
그리운 것들은 왜 그리 아름다운지.
당신이 꿈꾼 세상을 그려봅니다.
스스로를 사랑한다는 것에 대하여.

가을 숲에서 김남주를 생각하다

네가 아름다운 건
세상이 추워질수록
너는 자꾸 달아오른다는 것이다

벌겋게 달아오른 절정에서
아무런 미련도 없이
세상의 바닥으로 떨어진다는 것이다

붉게 떨어지는 그 순간만으로도
生은 충분히 아름답다는 것을
보여주고 싶은 것이다

불온한 바다

　젊은 날 제주까지 떠밀려와 매일 바다만 바라보며 삼
년을 살았다. 육짓것의 섬살이 삼 년이 그러한데 평생 섬것들
의 바다 너머엔 무엇이 있었을까. 나는 시시각각 변하는
제주 바다의 빛을 기록하고 싶었다. 저녁 무렵이 되면 육지에
산재해 있던 모든 빛들이 내려와 바다와 경계를 짓는 해안선
을 이루었고, 바다는 내가 건너온 바다 네가 건너가고픈
바다도 아닌 바라보면 까닭도 없이 슬퍼지는 검붉은 바다가
되었다. 검은 산을 드리운 붉은 바다, 처음으로 총성이 울리
던 날 초년병사의 두려운 눈빛처럼 아직도 제주는 그렇게
스스로의 바다에 갇혀 불온不穩하다.

낙지와 오징어

북에서 낙지라고 하는 것을
우리는 오징어라고 하고
우리가 낙지라고 하는 것을
북에서는 오징어라고 한단다.

왜 그랬을까?
누가 그랬을까?

언젠가 낙지 전문 음식점에 들어가
괜한 심보로 오징어 한 접시 주소 하니
주인은 눈을 희번덕거리며
여긴 낙지만 파요 그런다.

굳이 말하면
내가 틀린 것도 아니고
주인이 틀린 것도 아닌데

굳이 말하면

나도 틀렸고 주인도 틀렸다.

그래, 어쩌면 우리는 말장난을 하고 있는 것이다.
칠십여 년 동안
말도 안 되는 선 하나 그어 놓고.

시월의 숙제

우리에게는 해마다 시월이 되면
반드시 풀어야 할 숙제가 있습니다.
1948년 10월 그때 돌아가신 분들이 내주신 숙제입니다.
한번 풀어보시겠습니까?

이것은 욕심을 내면 멀어지는 것이고
서로의 마음이 진실할 때만 안개처럼 스며드는 것입니다.
내가 당신을 있는 그대로 이해해주고
당신이 나의 서러운 마음을 위로해 줄 때
그사이에 청량한 바다처럼 그것이 있습니다.
그것은 나라와 나라 사이에도 있고, 지역과 지역의 사이에
도
너와 나 사이, 감정과 감정 사이
결국은 사람과 사람 사이에 있는 것이지요.
그것은 좌우도 없고 동서도 없고 남북도 없는 것입니다.
가식과 위선의 화장을 지우고 맨얼굴이 되었을 때
자연스럽게 드러나는 것입니다.
태어날 때부터 내 안에 있는 것인데도 모르고 사는 거죠

서울에서 해가 뜨면 부에노스아이레스에서는 해가 지는
것처럼
　이 지구별의 대칭점에 있는 그 어느 무엇과
　적절한 균형을 이루게 하는 그런 것이기도 하지요.
　네 탓 누구 탓 하지 말고
　모두를 귀중한 존재로 모시는 것이 또한 그것입니다.
　이것은 욕심을 내면 멀어지고
　서로의 마음이 진실할 때만 안개처럼 스며드는 것입니다.
　사실은 우리 모두가 이미 그것입니다.
　이것은 무엇일까요?

　이것이 해마다 우리가 풀어야 할 시월의 숙제입니다.
　이 문제 맞추면 우리의 오랜 소원이
　저절로 이루어진다고 하였지요.
　1948년 여수와 순천
　그때 돌아가신 분들이 내주신 숙제지요.
　아, 시월은 다시 왔는데
　올해는 이 문제를 풀 수 있을까요?

샛노란 활엽의 시월

　그해 시월 배고픈 샛노란 활엽들 비명의 핏빛 활엽들
지고 또 지고 청춘도 사랑도 지고 그해 시월 꿈인들 살아남았
을까 대구 제주 여수 순천 활엽 지는 한반도에 시월은 해마다
오는데 화려한 네온 불빛 사이로 배부른 활엽 깔깔거리는
연인들 붉게 취한 가로수 활엽들은 서러운 기억도 없이
지고 너의 하늘 나의 하늘 제각각의 하늘 아래 그 어디
기억 속 별들은 살아 있을까 죽어가는 세상 모든 것들을
사랑하겠노라는 동주의 그 별 떠 있을까

백두산 못 갑니다

— 故 박배엽 시인

내 오랜 벗이여
백두산에 오른 두 정상을 보며
문득, 너의 시 「백두산 안 갑니다」를 다시 읽어본다
그래, 1991년에 발표한 시이니
벌써 27년이라는 세월이 흘렀구나
우리는 침침한 알전구의 선술집 구석지에서
네가 막 꺼내온 그 따끈따끈한 시를 앞에 놓고
정갈한 소주 한잔을 마시며 약조했었지
38선을 걷어내고 두 다리로 걸어서 가지 않는다면
모두가 함께 가지 않는다면
결코 백두산 안 간다고 갈 수 없다고
그 후 너는 너대로 나는 나대로
세상의 많은 38선을 헤치며 살아왔건만
너는 아직도 40대의 힘찬 모습으로 남아 있고
나는 내 안의 38선 하나도 온전히 걷어내지 못한 채
육십령 고개를 넘고 있구나
그래 친구여, 나는 아직도 백두산에 가지 못했다
개마고원 너른 평원 바람에 눕는 들꽃도 보지 못했고

구월산 계곡에서 등목도 못 했고
평양랭면에 해장술도 못 했다
한 일 년 날 잡아 쉬엄쉬엄 올라가
천지 물 한 모금 시원하게 들이키자고
꼭 그렇게 가자던 그 약속
이제 다시 새록새록 피어오르는구나
그동안 백두산은 못 가고 애꿎은 지리산만 오르다
언제부터인가 마추픽추도 가고 히말라야도 다녔지만
아직도 백두산에는 가지 못했다
그깟 통일이 뭐 대수라고 그냥 넘어 다니면 되지
하면서 넘어 다녔던 문익환도 있었는데
아직도 나는 무슨 미련이 그리 많은지
그 선을 넘지 못하는구나
아니 아니야, 그 선이 무너진다 해도
나는 백두산에 못 간다
같이 갈 네가 없어서도 아니고
두 다리에 힘이 없어서도 아니야
이미 자본에 할퀴어 누더기가 되어버린 마음들

회복할 수 없도록 무너진 자존심들
사방팔방으로 흩어진 마음들이
남북을 가득 채워 다시 촛불을 켤 수는 있을까
그 마음들 속에 꼭꼭 숨어 있는 나를
데려갈 수 있을지 몰라서 그래
아니 아니야, 오히려
오래된 그 마음 때문인지도 몰라
너와 내가 끝내 지키고자 약조했던
새벽 강 같은 그 서늘한 마음
아이에게 젖을 물리는 어머니의 그 마음
무엇 하나 제대로 지켜내지 못한 채
이끼 낀 감실에 꼭꼭 숨어 있는
내 알량한 마음 때문인지도 몰라

1948. 10. 19.

일구사팔 십일구. 지울 수 없는 숫자 속 죽음들
만성리 구랑실 애기섬 신전마을 간문천 형제묘 백월마을
여수 순천 고흥 구례 보성 광양의 마을, 마을마다
항쟁의 그늘 아래 쓸려간 숱한 죽음들

독립운동을 한 사회주의자 할아버지 때문에 죽고
지까다비 신발 하나 사다 주었다고 죽고
어머니와 아버지 서로 빰치기를 시키고 그러다 죽고
나는 죄가 없응께 괜찮다며 나갔다가 죽고
14살 반란군 연락병으로 총상을 입은 어린아이
마을 사람들이 옷도 빨아주고 홍시도 주고 밥 먹여주었는데
그 아이의 손가락 총에 마을 사람 22명이 죽고
마을 전체를 불 지르는데 소는 끌어내고 사람만 죽고
엄마 등에 업힌 채 3살 난 아기도 죽고
반란군이 탄 기차를 운행했던 철도기관사도 죽고
마을은 불타고 40여 명이 트럭에 실려가 죽고
아침마다 사람 하나 죽이고 해장했다는 지서장과

11구를 들춰내고 바닥에시 아들의 시신을 수습했다는
노인네

죽고, 죽고, 죽고, 죽고, 또 죽고, 무더기로 죽고
그렇게 죽은 자들은 아무런 이유 없이 빨갱이가 되었다
그 어린 자식 또한 아무런 이유 없이 빨갱이 새끼가 되었다
70여 년 동안 죽어서도 떠날 수 없는 넋이 되었다

제5부

문득 고개를 돌려보니 살구꽃이 환했다

문득 고개를 돌려보니 살구꽃이 환했다

봄날이 다 가도록 앞마당을 분주하게 오가다가

문득 고개를 돌려보니 뒷마당 가득 살구꽃이 환했다

방창한 봄날 그 환희의 함성들이

나도 없는 내 텅 빈 세월을 가득 채우고 있었다

무지와 오만의 세월이 뼈아프다

봄노래

그 시절에는 햇살에 반짝이는 뼛조각 같은 희망을 노래했지. 봄은 죽을 만큼 견디어야 오고 진달래 속살처럼 서럽게 차오른다고 노래했지. 지금은 제 안으로만 굽어 사는 곱사등이 되어, 먼 산의 그리움도 없는 사나운 짐승이 되어 이제 무엇을 봄이라 노래할 건가.

다르마의 일기 4

꽃 피니 봄 오고 꽃 지니 봄 간다며 허망하다 말하지만 사실 우리는 보이는 것과 보이지 않는 것, 알 수 있는 것과 알 수 없는 것의 사이에 살고 있다. 우리는 눈 깜짝하는 사이 그 틈새에서 영원을 사는 신비이고 빛의 영역에 들어와 있는 기적의 존재들이다. 우리는 그 지고至高의 숨소리이고 그 숨결로 무궁토록 흐르고 있는 것들이다. 다르마여, 꿈에서 깨어나오라.

다르마의 일기 5

수천만 년 동안 짐승으로 살아온 것들에게 신비는 낯설고 두려운 것이다. 하지만 목숨 있는 것들 하나하나가 모두 신비이고 세상의 모든 길이다. 그 길들은 스스로에 깊이 잠재된 빛으로의 여정 속에 놓여 있으며 그것은 사다나 sadhana의 여정이다. 절명絶命의 사랑이 될지라도 가야 하는 이승의 길이다. 빛으로 가는 길은 애오라지 사랑이어서 그렇다. 다르마여, 꿈에서 깨어나오라.

다르마의 일기 6

사랑은 신비이고 스스로 그러하는(燃) 우주 그 자체이며 의식의 높은 끝에 있는 고요 속의 고요다. 누구에게나 그러하며 스스로의 안과 밖을 밝히는 빛이다. 사랑은 마음을 일으켜 세워 나를 무너뜨리고 세상의 빛이 된다. 그렇게 스스로를 완성한다는 것은 자신을 사랑으로 가득 채우는 일이다. 다르마여, 꿈에서 깨어나오라.

다르마의 일기 7

스스로의 신비에 순응하는 것이 사랑이다. 그 사랑에
이르러야 생각대로 세상이 운행된다는 그 마음에 이른다.
세상의 모든 것들은 이미 존재 자체로 사랑이건만 스스로의
신비를 인지하지 못하고 그에 순응하는 존재라는 걸 모르고
세월을 보낸다. 양파껍질처럼 벗겨지는 텅 빈 스스로를
인정하지 못하기 때문이다. 다르마여, 꿈에서 깨어나오라.

두텁나루숲은 침수되지 않았다

강이 범람하여 마을이 잠겼는데도 두텁나루숲은 침수되지 않았다. 홀로 외롭고 높았던 때문이다. 어느새 10여 년 홀로 숲에 들어와 사는 동안 나는 높지는 않았지만 외로웠던 건 사실이다. 그렇다고 그 외로움이 싫다거나 못 견딜 정도의 무엇은 아니었다. 어쩌면 외로움은 편한 거였다. 외로움은 홍수의 수위를 넘은 고요의 영역에 있을 것이어서 숲을 떠도는 고라니의 외로움이라 해도 고립되지는 않았을 것이다.

슬며시 들어온 고니 한 마리에

하늘은 부질없이 푸르고 호젓한 날 두텁나루숲 툇마루에
앉아 있는데 강 위를 높이 나는 고니 한 마리가 슬며시
내 안에 들어왔다. 휘젓는 날갯짓에 먼 기억이 소환되고
마음은 쓸데없이 거칠어졌다. 밖은 한없이 차분하고 고요한
데 안은 갑자기 소란스러워져 마음이라는 것이 퍼렇게 날을
세웠다. 경계도 없이 안팎을 드나드는 고니 한 마리에 쉽게
또 하루가 무너졌다.

마지막 시집

새벽녘 숲을 뚫고 들어오는 반야般若의 예리한 빗살과 저잣거리의 미망迷妄으로 흩어지는 신산스런 발자국 소리들 그 숲과 저잣거리를 직조織造하는 노래가 되고 싶었다 내 안에 평형수를 다 채우는 어느 날 한 권의 시집이 완성되면 나는 지금껏 걸어온 모든 길을 잃을 것이다 톨스토이의 마지막 순례처럼 다시금 길 위에서 저무는 해를 바라보고 싶다

우답현문愚答賢問

　스님께 새해 인사를 드리러 갔다. 안부도 살피고 내 공부도 좀 물을 겸 이런저런 이야기를 나눴는데 도끼질 한 번에 쩍쩍 갈라지는 장작처럼 단순명쾌한 말씀들이 귀에 쏙쏙 들어왔다. 스님은 세상의 일선에서 회향하시어 이제는 극락전의 비뚤어진 마당을 쓸고 계신다. 이야기 속에서 정념正念과 정정正定에 관한 내 생각도 제자리를 잡았다. 꽃은 화려하건 초라하건 이미 피웠지만 열매가 걱정이라고 했더니 스님은 차 한 잔을 따라 주시며 그 열매라는 것이 어디 있고 없고 하겠나? 하신다.

무지無知

    손이 차갑고 눈빛이 날카로워 다가가기 어려운 사람이라는 말을 많이 듣고 살았다. 그리고 나를 만나는 이들이 이러한 것을 겨우살이의 기생 정도가 아닌 숙주의 반란으로 읽어내는 것이 싫었다. 나 또한 살면서 누군가 무엇인가를 규정하고 판단해야 하는 세상살이와 그 오만의 도덕률이 불편했다. 서로 속보이며 평생을 살아온 친구나 부부라 해도 상대방을 안다고 말하는 순간 그것은 오만이고 왜곡일 뿐이다. 무언가 안다는 확신으로부터 무지가 시작되었다.

평화네 집

산들이 다소곳이 인사하고
개울도 수줍은 듯 물길을 감추는
산딸기 곱게 익은 더덕 내음 무성한 길

한참을 올라 인적 드문 그 어디쯤
평화네 집이 있다.
평화아빠 평화엄마 평화동생
그리고 평화가 산다.

주변의 나무와 돌을 주워다 만든
아홉 평짜리 흙집에
꼭 그만큼의 마음이 사는 곳.

계곡의 때죽나무 꽃가지가
처마 끝까지 들어와 꽃을 피우는
향내 가득한 집.

대문도 울타리도 없으니

온 산이 평화네 집이다.

순천順天

순천에 와서 순천順天하려면
먼저 흐드러진 꽃길의 동천東川에 발을 씻고
흐르는 물줄기를 따라
순천만의 바다에 이르러야 하리
바다에 누운 와온臥溫의 저녁놀을 보며
지치고 힘들었던 일상도 내려놓고
오랜 외로움도 달래야 하리
그렇게 무인無人의 섬들과
깊고 푸른 여자麗姿를 만나야 하리.
순천에 와서 순천順天한다는 것은
바다 위로 떠오르는 별들을
아무런 생각 없이 헤아리고
하늘을 향한 그리움을 키우는 일이어야 하리
그리하여 새들이 돌아오는 갈대숲에 이르러
마침내 스스로의 본향本鄕을 기억해내는 것이리
순천에 와서 순천順天한다는 것은

■ 사족

요즈음 나의 시에서는 사람을 호명하는 일이 예전보다 많이 줄었다. 문학은 세상과 사람을 들여다보고 그 속의 온갖 허물과 본질을 길어 올리는 거라고 생각했는데 그게 달라지지는 않았지만 지금은 그것만이 전부가 아니라는 생각이 들었기 때문이다.

그렇다고 내 시와 삶이 현실과 실천에서 멀어졌다는 말은 아니다. 본질적으로는 실사구시實事求是의 일상으로 더 깊이 들어왔다고 해야 할 것이다. 편하게 말하면 예전의 나라는 사람이 좀 싱거워진 것이고, 달리 말하면 나는 에고ego로부터 많이 빠져나온 것뿐이다.

왜냐하면 그러려고 부단히 노력했기 때문이다. 어쩌면 에고는 문학의 본류에 속해 있는 것이기도 하겠지만 문학은 삶의 과정을 그려내면서도 존재의 궁극적 목적을 위한 수단이기도 하다는 생각을 하는 것이다.

그러다 보니 언젠가부터 나와 나의 문학은 '실재實在'에 집중하게 되었다. 현재의 시공간에 에둘러 눈에 보이는 것만으로 모든 것을 규정하고 판단해서는 '실재'에 이르기

어렵고 그 '어리석음(癡)'을 벗어나기 힘들 거라는 생각을
한 것이다. 다시 말하면 '나'라는 하나의 '개체의식'이 '전체
의식'과 합일을 이루지 않는 이상 '실재'에 이를 수 없다는
것을 가늠하게 된 것이다.

이승이라는 이 현실은 분명 '실재'지만 '실재'라고만 할
수 없는 것은 우리가 사과를 보고 사과라고는 하지만 그것이
사과만은 아닌 것과 같은 이치일 것이다. 非진리의 진리에
휘둘려서는 안 될 것이기 때문이다.

작금의 21세기는 자본주의 물질문명이 한계에 이르렀고
그 폐해로 인한 다양한 기후 이상 현상과 변화가 급속도로
진행되는 격동의 시기이다. 인류만이 지구나 우주의 주체가
아니라는 포괄적 관점에서 보면 이는 우주의 리듬이랄 수
있는 변화의 흐름이겠지만 인류에게는 존재의 영적 변화와
삶의 변화가 진행되는 높은 고도의 어느 변곡점에 가까워진
것이리라.

위기는 변화의 또 다른 이름이고 기회이기도 해서 나는
이 국면을 바르게 적용하고 극복하기 위해서는 사람들이
사회적 실천과 함께 자기완성이라는 내적 진보를 반드시
동시에 진행시켜야 한다고 생각한다. 인류의 내적 진보가
없이 과학과 정치 현실만으로는 지구 생태의 실질적 변화를
이루기에는 한계가 있기 때문에 그렇다. 관점을 달리해서

말하면 '실재'에 이를 수 없기 때문이기도 한 것이다.

　나에게서 이러한 것들은 자연스럽게 시詩로 집적되었다. 이는 다른 글로 풀어낼 실력도 없거니와 예나 지금이나 나의 마지막 무기는 詩밖에 없기 때문이다. 단순하게 말했지만 요즘 내 문학은 이런 지경에서 헤매고 있다. 그래도 나는 이 정도만으로도 즐겁다. 내 삶이 원하는 지경에 이르지 못한다 해도 최소한 내 시가 그려온 세상에 대한 그리고 스스로에 대한 위선의 한 꺼풀 정도는 벗겨낼 것이라는 생각 때문이다.

2022년 정월, 두텁나루숲에서

박두규

은목서 피고 지는 조울^{躁鬱}의 시간 속에서

초판 1쇄 발행 2022년 02월 18일
    2쇄 발행 2022년 09월 19일

지은이 박두규
펴낸이 조기조

펴낸곳 도서출판 b
등 록 2003년 2월 24일 (제2006-000054호)
주 소 08772 서울시 관악구 난곡로 288 남진빌딩 302호
전 화 02-6293-7070(대) 팩시밀리 02-6293-8080
누리집 b-book.co.kr 전자우편 bbooks@naver.com

ISBN 979-11-89898-68-7 03810
값_10,000원

* 이 책 내용의 일부 또는 전부를 재사용하려면 저작권자와
  도서출판 b 양측의 동의를 얻어야 합니다.
* 잘못된 책은 구입한 곳에서 교환해드립니다.